玉茗堂紫釵記卷下目錄

玉茗堂紫釵記卷下　　彙刻傳奇第十三種

清暉閣原本　　夢鳳樓　校訂
暖紅室

第三十一齣　吹臺避暑

〔西地錦〕〔劉上〕西地涼州無暑。有中天冰雪樓居。一時勝事誇河朔。看他小飲如無。〔一落索〕畫戟垂楊吹暮府。臺館新成。燕雀窺檐語。珠簾暮。涼州唱徹人無暑。參佐風流時一聚。閒學如才鶤鴻。雨洗燕支路。且須高宴。凝歌舞。俺劉公濟。鎮守關西。李君虞參吾軍事。可謂翩翩記室。且喜征塵路淨。避暑筵開。近報得河西納款。早則喜也。〔內作樂介〕

〔番卜算〕〔生上〕六月罷西征。燕幕風微度。雅歌金管。按投壺將軍多禮數。〔相見介〕〔劉〕避暑新成百尺臺。〔生〕軍中高宴管絃催。〔劉〕知君不少登樓賦。〔生〕正爾初逢袁紹杯。〔劉〕參軍。俺二人以八拜之交。同三軍之事。西事匆匆。未追高宴。今茲天氣炎暑。小飲涼臺。左右看酒。〔堂候上〕臺高欲下陰山雪。晝永堪銷沈水香。酒到。

〔夜行船序〕〔劉〕萬里長驅。喜軍中高宴。正屬吾徒邊塵

靜日永放衙休務正午槐展油幢苔臥沈槍花催羯
鼓難度六月裏染征雲怎不向吹臺歌呼
〔前腔〕〔生〕男兒坐擁銅符喜繡旗風偃畫棨雲舒涼州
路日遠炎蒸不住正爾羽扇綸巾據牀清嘯圍棋賭
墅凝佇看燕寢凴幽香時裊碧窗烟霧〔卒〕捧酒甕上
水色清浮竹葉露華香沁葡萄稟老爺酒泉郡獻大
河西國葡萄酒〔劉〕此酒參軍之功也堂候行酒
〔鬬寶蟾〕香浮頓遜醍醐鎮葡萄亂漬鴨頭新綠也柰
向酒泉移封把涼州換取〔生〕清醑想一年風色阻千

日凍花敷暈珍珠醡盡酸甜留下水晶天乳〔卒〕捧瓜
上北斗高如南斗西瓜大似東瓜稟老爺瓜州獻小
河西國鎮心瓜〔劉〕此亦參軍之功也堂候進瓜
〔前腔〕清虛仌井沈餘等半輪青破一襟涼貯鎮紫瓤
浮動素津流注〔生〕仌筋甘垂承掌露寒濺泣盤珠沁
肌膚迸玉綻紅跳顯出箇人風度〔劉〕好上望京樓一
望也〔生〕望京有甚好處
〔錦衣香〕〔劉〕關樹鋪濃陰護水萍紆微風度和你同上
飛樓望京何處〔生〕怕乘鸞烟去鳳臺孤邊聲似楚雲

影。留。吳。據胡牀三弄影。扶疎。嘯欬樓柱。聽胡笳悲切

訴。似訴年光流欲去。正繞鵲休枝。驚蟬墜露。

漿水令【合】家何在。畫屏烟樹人。一天關山夢餘研光

杯影醉蟾蜍。便待敲聽玉唾。擊碎珊瑚。心未愜。鬢先

素。漫尋河影斷長安路。樽俎內。樽俎內風雲才聚。旗

門外。旗門外。河漢星疎。

尾聲【劉】參軍呵、和咱沈李浮瓜興不俗。你要受降城、

也早則秋風別哨關南路。則怕你要喻檄還朝賦子

虛。【生】下官感公厚知遇、口占一詩、【劉笑介】請教、【生吟】

【介】

日日醉涼州。　笙歌卒未休。

感恩知有地。　不上望京樓。

第三十二齣　計局收才

夜行船【盧】引外扮中軍貼老旦執棍丑雜執旗隨上

一品當朝橫玉帶。姻連外戚勢遊中貴。世事推呆。人

情起賽。可嗔那書生無賴。兵權掌握勢爲尊。奉詔移

軍鎮于孟門。獨倚文章傲朝貴。賈生空遇聖明君。自家

盧大尉、三年前因李益恃才氣高、計遣參軍西塞、殘

見李生有詩獻劉鎮帥、感恩知有地、不上望京樓、卽當奏知怨望朝廷、只是一件、喒方奉命把守河陽孟門山外、召回劉節鎮、暫掌殿前諸軍、喒將計就計、今早奏准聖人、加李君虞祕書郎、叅孟門軍事、不必過家、看他到喒軍中情意如何、招他爲壻、如再不從、奏他怨望未晚、已遣人請他朋友京兆人韋夏卿、竟是可早來也、

【薄倖】（韋上）暑色初分。秋聲一派。看長安馳道。秋風冠蓋。天涯有客幾時能。會俺消停處。見畫棨朱門橋外

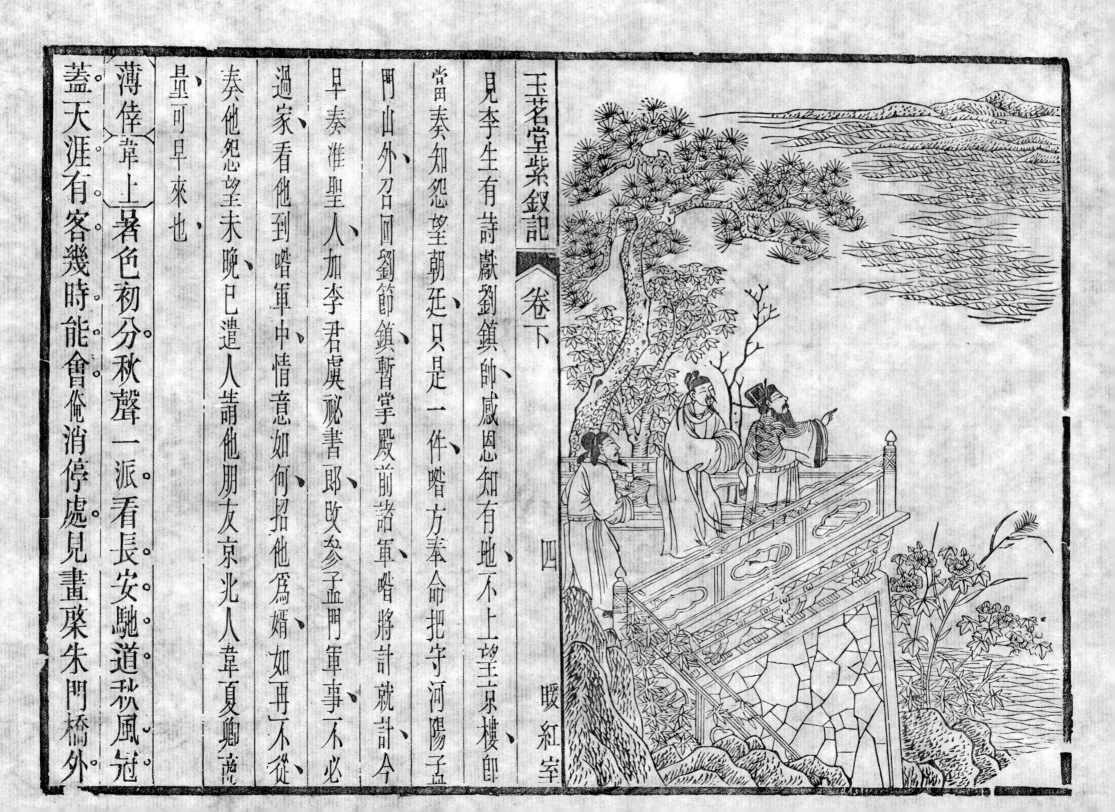

好參謁中朝太尉。見介盧好客勞西笑。韋人雄鎮北軍。盧折簡求三益。韋旌旄謁使君。盧韋先生、你是李君虞好友、俺今移鎮孟門奏改他參吾軍事可好麽、韋李君虞三年在邊、資當內轉、今又參公軍事、恐非文人所堪、盧他有詩到鎮、卻怨望朝廷、又何必强他入朝、咱招賢館勝如望京樓也、

鑼鼓令刮鼓令他朝中文章後輩曾喜他相見只尋常到來知他性兒那些尷尬。韋都是些少年情態怎知的千金賦今人不買枉了筆生災題鸚鵡教誰喝采

盧咱無文的太尉何禁怪、只可惜賈長沙干死了洛陽才。韋皂羅袍合他鄉歲月遠水樓臺今朝領旨知他便回、相逢到此好佳懷秋江寂寞也自放花開

前腔盧當初也浪猜咱移軍把着孟門去來參軍事請他優待。韋文章士自有廟堂除拜作參軍知幾載盧孟門喜非邊塞也、韋便做道非邊塞曾如茲立在白玉階。盧咱軍容將禮好不雄哉、早難道古來書記都不是翰林才。合前韋既將軍厚待、李君虞自有國士之報、小生告行、

【餘文】爲交情。一笑來。【盧】須知吾意亦憐才。韋先生、休
道俺少禮數的將軍做不得招賢宰。【韋下介】【盧弔場】
可笑可笑、韋生豈知俺計也、侯官兒怎的不見到
來、【堂候官上】微聞禁漏穿花遠。獨詔邊機出殿遲。稟
爺、聖旨已下、李益以祕書郎、參孟門軍事、即日離
鎮、不許過家、【盧笑介】書記在吾算中矣、分付諸軍起
行、
【堂候】孟門關外擁貔貅。打鳳撈龍意不休。
【盧】但得他來府門下。那時誰敢不低頭。

第三十三齣　巧夕驚秋

【念奴嬌引】【旦浣上】【旦】梧桐乍雨。正碧天秋色。霧華烟
暝。浴罷晚妝凝望。立簾漾玉鉤風定。【浣】別院吹笙高
樓。掩鏡泛灩銀河影。【合】幽期無限。佩環聲裏人靜。【臨
江仙】【旦】炎光初洗輕塵雨。飛星寄恨迢迢。【浣】金風玉
露翠華搖。暫停鮫泣翠。相看鵲填橋。【旦】占得歡娛
今夜好。一年幽恨平消。【浣】綵樓人語暗香飄。【合】不知
誰得巧。空度可憐宵。【旦】浣紗、今當七月七夕、織女渡
河、香燭瓜果、已備樓中、去請老夫人鮑四娘同會紙

筵、可早到也

〔似娘兒〕〔老旦上〕閨閣露華零。感佳期。愁絶。惺。惺。聽機中織女啼紅迸。望牽郎河漢烏飛涼。夜鬢染秋星。兒、請俺急的〔旦〕母親萬福、今逢巧夕、請母親同鮑四娘消遣一回、〔老旦〕鮑四娘可待來麼、

〔繞池遊〕〔鮑上〕綵樓清迥。燭閃紅妝靚。笑年年乞巧誰贈。〔見介〕鄭夫人、郡主萬福、今夕香燭果筵、莫非穿鍼故事乎、〔老旦〕咱老人家乞巧何用、正為兒女相邀四娘同此、〔鮑〕從來乞巧、凡有私願、只許在心、不許出口、

但看蟢子縈盤、便是人間巧到、老夫人你我心中暗祝同拜雙星便了、〔拜介〕烏鵲橋成上界通。千秋靈會此宵同。綵盤花閣無窮意、只在遊絲一縷中。〔老旦〕此夕真佳景也、

〔念奴嬌序〕人間天上、數佳期新近、秋容太液波澄。院宇黃昏河正上、幾看清淺閒庭、輝映雲母屏開、水晶簾捲、月微風細淡烟景。〔合〕同看取千門影裏、誰是雙星。

〔前腔換頭〕〔旦〕河影層波夜炯。怕空濛霧染、機絲翠花寒

凝一水仙郎遥望處脈脈此情誰證傒幸喜極慵妝
歡來罷織倚星眸曾傍暗河行【合前】
前腔【換頭】【鮑】還倩那些些縹緲銀鸞參差烏鵲斷虹低處
翠橋成清佩隱似濕雲含雨流聲清興梭戸斜窺淩
波微步一天秋色今宵勝【合前】
前腔【換頭】【浣】端正步障停雲眉梁瀉月一年情向此中
傾清虛處微茫香霧盈盈私聽百子池邊長生殿上
內作笑介便風中微語笑分明【合前】
古輪臺【老旦】夜雲輕秋光銀燭畫圍屏水沉細縷香
生鼎【鮑】綵樓低映問誰許宵征鈿合金釵私慶似恁
幽歡十分清永把人間私願一時并【旦】商量不定暗
風吹羅帶輕縈柔情似水佳期如夢碧天瑩淨河漢
已三更【浣】良宵耿筭此時誰在迴廊影
前腔【換頭】【鮑】含情若是長久似深盟又豈在暮暮朝朝
歡娛長並【旦悲介】玉漏無聲恨浥西風不盡忍顧河
西人遠斷河難倩重歸向舊鴛機上拂流螢殘絲再
整【合】想牽郎還望娉婷鮫綃幾尺淚花猶瑩臨河私
贈時有墮釵橫便道是天河永他年年風浪幾時生

意不盡明朝烏鵲到人間境試說向青樓薄倖你可
也卧看牽牛織女星
旦阿母天孫恨幾端 貼九微燈影佇青鸞
合難尋仙客乘槎路 且伴佳人乞巧盤

第三十四齣 邊愁寫意

北點絳脣末小生扮邊將上紫塞飛霜平沙月上旌
旗晃劍戟排牆擁定銅符帳一聲參佐發蘭州萬火
屯雲映綠油邊鋪恐巡旗盡換山城怕過館重修喈
們是朔方劉節鎮部下、因李參軍分兵回樂峯受降

城、斷截吐番西路、今夜巡塞各城堡、守瞭軍人、嚴緊
伺候、眾應科
【金瓏璁】眾鼓吹燈籠擁生上萬里逐龍荒擁弓刀千
騎成行刁斗韻悠揚畫角聲悲壯錦盤花袍袖生涼
纔、起、點、報星霜邊霜昨夜墮關榆吹角當城片月孤
無限塞鴻飛不度秋風吹入小單于自家本用文墨
起家、翻以弓刀出塞、既有三軍之事、豈無一夕之勞
分付將官軍士、用心巡守、眾應介生將帳門捲上、一
望塞外風烟、

【一江風】碧油幢捲上牙門帳步上嚴城壯漢旌旗數
點燈前掩映紗籠絳遠望火光可是胡兒夜獵也、眾
非關獵火光非關獵火光是平安報久常玉門關守
定這封侯相回樂峯前了、
【前腔】生那邊廂淡素鋪平做堆積的淒寒狀敢是下
雪也、眾是沙也、是氤氳幾垛平沙似雪紛彌望瑤池
在瀚海旁瑤池在瀚海旁眾梁園在古戰場築沙堤
等不得沙河將是受降城了、
【前腔】生冷清光氣色霏微漾暈影兒朦朧晃敢是霜

也〔衆〕是月亮〔生〕步寒宮認得分明不道昏黄相衣痕上沾曉霜衣痕上沾曉霜〔衆〕是嫦娥在女牆照愁人白髮三千丈〔生〕俺坐一會也、

〔前腔〕據胡牀沙月浮清况〔丙吹笛介〕猛聽的音嘹亮〔衆〕何處吹笛也、這吹的是關山月也、是思歸引也、〔作回頭望鄉指介〕那不是俺家鄉洛陽、那不是俺家鄉長安、那不是俺家鄉隴頭、〔生亦作望鄉掩泣介〕被關山橫笛驚吹一夜征人望〔衆〕家山在那方家山在那方離情到此傷斷腸聲淚譜在羅衫上〔採旦扮王哨上〕龍吟塞笛空橫淚雁足只箋好寄書稟參軍爺、小卒是京師盧太尉府中王哨兒便是、因來劉節度軍中探取軍情回京、可有平安書寄、〔生〕正好相煩、情書不盡、暫將屏風數摺、對此清光畫出邊城夜景、見喒淒涼也、秋鴻取畫筆丹青聽用、〔秋鴻上〕王會圖中開粉本陽關曲裏寄丹青紙屏風蛾墨在此、〔生作畫介〕

〔三仙橋〕陽關落照儘斷烟衰草河流一綫那更鴻縹緲邊城上着幾點漢旌搖盼胡天恁遥呀、俺提起潤生綃拂拭些情淚落還倚着路數分標斜隨着素毫

展風沙蘸的箇墨花淡了屏風呵一遞遞短長城做不出疊巫山清曉待畫這沙似雪月如霜

〔前腔〕卻怎生似雪樣偎沙迴杳一抹兒峯前回樂則道是拂不去受降城上青霜看則是永夜征人沙相月長凭照也影飄颻碧䗚䗚把關河罩幕寒生夜悄四下裏極月暗魂銷清寒似寂寥這幾筆兒輕勾淡繞撇綽的暮光浮隱映的朦朧曉屏風呵怎路數兒是分明可引的夢沙場人到待畫着征人聞笛望鄉也

〔前腔〕一笛關山韻高偏趁着月明風裊把一夜征人故鄉心暗叫齊回首鄉淚閣並城堞兒相偎靠望眼兒直凭高想故園楊柳正西風搖落便做洗邊塵霜天乍曉我心似嘹雲飄衛入遍梁州未了屏風呵比似俺吹徹梅花怎遞送的倚樓人知道畫完題詩一絕回樂峯前沙似雪受降城上月如霜不知何處吹蘆管一夜征人盡望鄉詩已題下王哨兒寄去也哨自有回報

〔尾聲〕做不得李將軍畫漢宮春曉俺這裏捲不去的

雪月霜沙映白描趁着這一天鴻雁秋生早〔哨下〕走報人上〕烏鵲南飛終是喜馬首西來知爲誰自家長安門走報的便是來報李參軍轉官不免徑入〔見介〕恭喜老爺新奉聖旨加秘書省清銜改參盧太尉孟門軍事即日起程〔生〕何因有此先賞報人去便寫書謝了劉節鎮起程〔報〕節鎮劉爺也欽取還朝總管殿前諸軍事〔生〕呵原來如此

〔生〕西塞東歸總戰塵〔報〕畫屏風裏獨沾巾

〔鴻〕閨中只是空相憶〔合〕若見沙場愁殺人

第三十五齣 節鎮還朝

〔寶鼎現〕〔老旦雜執旗淨扮堂候擁劉節鎮上〕旗門占氣色鳳尾雲飄旄頭宿落匣劍老轆轤繡澁邊烽冷兜答苦卧共仰清時留節鎮萬里關河紫邏〔合〕正簫鼓鳴秋牙幢清晝貂蟬繞座獨攜堂印坐西州一劍霜飛雁影秋卻笑班超容易老焉知李廣不封侯自家劉公濟鎮守玉門關外推轂幾年拓地千里落日已收番帳盡長河流入漢家清昨奉聖旨着下官還朝總管殿前諸軍事李君虞加秘書郎改參盧太尉

子孟門軍早晚參軍書到也、卒持書上雲沈塞上飛鴻
去日落回中探馬還叩頭介參軍爺有書、劉笑念書
介參軍李益頓首、劉節鎮開府麾下、愚生書劍西征
拜瞻台座三載於茲恩禮兼至袁本初書記時有傷
遲之言王仲宣從軍不無思鄉之感意難違別道阻
且長所深幸者君侯膺歸袞之期賤子附遷鶯之役
風期未遠存問非遙虎變龍蒸風雲自愛不宣益再
頓首、呀、李君虞早向孟門去也、下官既受君命、不候
駕行、堂候官、請征西大將軍金印出來、交與副將軍

書亦有唐人之致

權領、卽日起行、末小生扮副將領衆上關西諸將甚
容光。曾入甘泉侍武皇。今日路旁誰不羨。功業汾陽
異姓王。恭賀老爺還朝、劉老夫有何功績得此皇宣、
啄木兒心雖赤。鬢欲皤。意氣當年漢伏波。念少遊歸
興如何。相憐我得遂婆娑。舉手介忝元戎多暇勞參
佐。甚西風別去情無那。淚介吹起袍花淚點多。衆老
爺呵、
前腔你倚天劍。迴日戈。一卷陰符萬揣摩。洗兵風坐
挽銀河。比淩烟漢將功多。跪拜介詔東歸。少不的齊

聲賀。衆淚介這歡聲有淚向悲笳墮。再不見尊俎投
壺聽雅歌。劉就此別了、衆願攀留信宿而行盡邊關
父老降附番戎之意、劉京營務重、不敢稽延、俺所佩
平西大將軍金印、權交副將軍收掌、好珍重也、作交
印介
三段子黃金斗大。肘閒懸龜紋綬花。權時未挂。卧內
前牀兒護他。有如姬要不的他。閒偷把朱司農用。不
着那。横文打怕。漏使模行軍機怎耍。副將敢問老爺、
軍機那一件最大、劉漢置四郡、斷匈奴入羌之路、今

當護羌使吐番不得連和陽關內外可無事矣、
【前腔】甘涼以下望長安天涯海涯爲甚屯田建牙斷番戎羌家漢家〔副將〕兵法願一指授、〔劉〕聽老夫八箇字兵法、銷兵日久休頹塌生羌歲久防奸詐八箇字耐苦同甘信賞必罰起行諸軍將不許離洮地遠送、〔內報介〕受降城外諸夷長送老爺、〔劉〕不須遠送只一心事唐便了、〔行介〕
【歸朝歡】歸朝去歸朝去萬里胡沙秦川雨杜陵花關山路關山路畫角鳴笳送將歸兩鬢華秋光塞上人

如畫黃宣去把圍營押看細柳春風大將牙
〔劉〕秦時明月漢時關　纔櫜人看上將還
〔衆〕但使龍城飛將在　不教胡馬度陰山

第三十六齣　淚展銀屏

【菊花新】〔旦浣上〕〔旦〕舉頭驚見雁行單無語秋空頻倚欄寒花蘸雨斑應將我好景摧殘〔河滿子〕露冷蓮房墜粉霜清竹院餘香偏照畫堂秋思鬪垂簾半捲瀟湘幾回斷鴻影裏無言立盡斜陽奴家自別李郎三秋杳無一字正是叢菊兩開人不至北書不寄雁無

夢鳳按原曲洞房清歎下與下曲平沙落雁下均少一句葉譜同今爲勘補

情也。〈浣〉早晚隹音不須煩惱、

桂枝香〈旦〉水雲天淡弄粧晴晚映清虛倚定屏山暢好處被閒愁占斷滅香温一半滅香温一半洞房清歎碧梧庭院影欄珊幾般兒夜色無人玩着甚秋光不奈看〈浣〉上鳳簫樓望一回也、

前腔〈旦〉捲簾無限山明水遠殘霞外烟抹晴川淡霜容葉横清漢正闗山一點正闗山一點遥望處平沙落雁翠眉雙斂倚危欄淚來濕臉還誰見愁至知心在那邊。

賺（王唱持小屏風上）塞上飛馳報與朱門人自喜（旦）試聽晚妝慵那重門深閉知他甚底悶把珠簾輕揭起（作叫介）（浣）寂靜堂前數聲兒客至迴廊半倚閒窺覷是誰、（唱）陽關哨卒來傳示（旦驚喜介）你可曾從事李參軍俺這裏寒衣未寄（唱出小屏風介）怕寄平安書不的小屏風上傳詩意（旦）這書封幾夜霜華脆雁足寒飛繞月枝黃花酌酒相勞你（浣出酒飲唱介）（唱）主公威令難遲滯（浣）夫人鄭重留人醉（旦）主公是誰、（唱）盧太尉、（旦）太尉何人、（唱）乃當朝丞相盧杞之弟穿

宫盧中貴老公公之兄第一富貴人家也、（旦）且問你參軍甚時可回、（唱）小的在關西聽的參軍爺題詩與劉節鎮說、不上望京樓了、（旦惱介）（唱）不須煩惱、俺歸到中途聞聖旨別有差除疾和遲少不得榮歸故里嗜階前拜酒忙回去（下）（旦）三年一字三千里非同容易非同容易

夢鳳按原題金索挂梧桐今從葉譜

金落索（金梧桐）寒鴉帶晚暉喜鵲傳新霽遠水凝眸折盡層波翠（作開屏風介）夫、你三年沒紙書（東甌令）難道短相思屏風呵、為甚封了重封出落的呈妝次李郎、

幾疊屏山數語自佳

夢鳳按原題梧桐花今從葉譜

你感劉君恩遇、不上望京樓呵、你只知紅妝夜宴軍
中美（鍼綫箱）可也回首望京樓上覷（解三酲）風塵起（懶畫眉）
千尋落葉離不的花根裏（寄生子）（合）知他是何日歸期
且接着平安喜歸意可知、且展畫屏詩句一玩呀、原
來十郎手自丹青也、（詠詩介）回樂峯前沙似雪受降
城上月如霜不知何處吹蘆管一夜征人盡望鄉你
看幾疊屏山詩中有畫畫中有詩滿目邊愁也
（前腔）沙如雪靄微月似霜華積月杳沙虛冷淡傳蹤
跡俺不曾到萬里短長城這幾疊畫屏兒寫陽關只

少箇瀟湘對、大俺這裏平沙瀚海把圍屏指你那裏
落月關山橫笛吹心兒記夢魂中有路透河西（合）前
（浣）小姐三年李郎不歸家門漸次零落也、
（梧桐葉）是綺羅叢春富貴儘花月無邊受用美如今
金谷田園誰料理把這舊家門戶空禁持老夫人一
段傷心難寄與（合）算只有歸來是（旦）道甚家貧可惜
秋光也、
（前腔）你道爲甚呵勾引得黃昏淚向蓮葉寒塘秋照
裏偷把胭脂勻注喜這其間芳心泣露許誰知倚待

寫半幅秋光還寄與〔合前〕
意不盡連天衰草砧聲起〔流〕他還鄉早晚不索寄寒
衣〔合〕盼得他錦繡團欒真是美
〔旦〕邊月胡沙泣向君　畫屏紅粉漬氤氳
〔流〕明年若更陽關戍　化作西飛一片雲

第三十七齣　移參孟門

〔番卜算〕〔老旦雜執棍末扮堂候隨盧上〕秋草塞門烟
河上西風偃洛陽才子赴招賢鼓吹軍中宴一家何
止十朱輪兄弟雙飛秉大鈞獨向河陽征戰淨今朝

一曲語亦冠冕

開閫引詞人自家盧太尉、鎮守孟門關外、奏准李君虞參我軍事、報說今日走馬到任、左右營門伺候、（神仗兒）（雜執爪鎚秋鴒草帽隨生上）河西路轉河西路轉赴河陽幕選。（王）哨叩頭介、參軍爺到來、前日萬金家報是小軍送上夫人、（生）勞你夫人安否、（哨）平安只是望爺過家、（生）取一錠花銀賞他、哨兒你是喒故人、以後太尉爺差你長安、帶書往來也不慢你、（哨）當得當得、（生）報平安陣前飛雁、便玉人無恙怎生排遣。只怕這磨旗門盼不到吹笙院。（見介）（盧）聞君西域奏

詞鋒、（生）天柱山高太華東。（盧）鴛鷺好歸仙仗裏、（生）熊羆還在禁庭中。（盧）參軍、洛下一見、至今懷仰、何幸得參吾軍、看酒、（堂候上）幕府求才子、將軍作主人、酒到、

（鎖窗寒）（盧）倚風塵萬里中原、大將登臺尺五天、孟門關外少華峯前、繞旌旗萬點河流一綫、還倚仗詞鋒八面（合）難言人生遇合、總情緣且須高宴留連。

（前腔）（生）筆花梢慣掃狼烟、誰待吹嘘、送上天攺河陽贊佐塞上回旋、便相如喻檄終軍乘傳也不似恁般蓬轉（合前）（盧）聞參軍有詩不上望京樓、然否、（生）幹後

十郎爾時能憶河橋似非負心者

餘談、何勞遠聽、（盧）笑介

前腔（你）佩恩華、意氣成篇、不把望長安心事懸、（君虞、）休嫌文官武職、看參軍楚楚、書記翩翩、有賦河清、鮑照登樓王粲、總不礙禁庭清選、（合）前（盧）參軍可有夫人在家、（生）秀才時已贅霍王府中、（盧）原來如此、古人貴易妻、參軍如此人才、何不再結豪門、可爲進身之路、（生）已有盟言、不忍相負、

前腔淚花彈、袍袖香殷、數遍秋花人少年、（盧）可有平安信、（生）下官進轅門時、老太尉麾下一人、三年纔傳得一信、（盧）受命在軍、何戀戀兒女乎、（生）晚風砧杵、夜月刀環、正尋常歸燕、幾行征雁、怎隔斷關河別怨、（合）前（生）請罷酒、（盧）軍中一日一宴也、

尾聲爲憐才子聲光遠、（生）自是將軍禮數寛、（合）指日呵、文武朝班歸漢苑、（生下）（盧弔場）叫小將官、查那一箇傳李參軍家信、（哨）是小的、（盧）拏去綁了、（哨）乞饒介（盧）且記着、許你將功贖罪、差你京師慶賀劉節鎭還朝、便到參軍家說他喈府招贅婦、歹氣死他前妻、是你功也、（哨）理會得、

【盧】八柱擎天起畫樓。一般才子要低頭。
【哨】非關鬼蜮含沙影。【合】自要蛟龍上釣鉤。

第三十八齣　計哨訛傳

【薄倖】【鮑上】翠館雲開。陽臺雨過。正夕陽閃淡秋光無那。鏡中略約年華。多大君知麼。夢不斷梧桐金井雨偏打。悶愁獨坐。【西江月】舊日長裙廣袖。如今窄襪弓鞋。朝花冷落暮花開。不唱賣花誰買。時學養娘催繡。閒陪幼婦題詞。春絲盡也絡秋絲。心緒啼痕似此。俺鮑四娘、數日伴小玉姐消遣、聞道朝廷將取李郎

回家、竟無消息、終日翠減香消、俺因自想青樓時節、伴着五陵年少、今日獨自、好悽惶也呵、【羅江醉】【香羅帶】無奈這秋光老去何。香消翠譌。聽秋蛩度枕沒騰那。數秋螢團扇暗消磨也。【醉太平】怎生箇芭蕉夜雨閒吟聒。【一江風】燈兒和喒麼影兒和喒麼好一箇悽惶的我。【王哨上】去爲撈酒客。來作拗花人。小軍王哨兒便是、主公盧太尉差往長安翟府行事、只是俺老爺招贅李參軍、要啗死那前位夫人、太尉不將心比心、小子待將計就計、前日與李爺寄書、那夫人

待我不輕正要說知未可造次打聽得這些頭有箇鮑四娘走動他家且向他一問（見介）老娘有獎水喫一碗與行路人（鮑）客官何來（唱）李參軍帳下（鮑驚介）參軍在那裏（唱）正待朝廷取歸被當朝盧太尉奏點孟門關外參軍去了（鮑）可就回來（唱）早哩敢要就了盧太尉小姐也（鮑）怎麼說（唱）敢招贅在盧家了（鮑）十郎好薄倖也

香遍滿秀才無賴死去也不着骸越樣風流賽真箇難猜不道將人害是佳人命薄慣了些呆打孩咱橫枝兒聽着也不分把欄杆拍你同俺去他家說箇端

詳定不慢你（唱）使得

前腔（鮑）幾分消息輕可的洩漏些帶的箇愁來也怎一箇愁字兒了得今番夜倩你教喫敲才好歹將意兒團弄他歸來時待扭碎花枝打

尾聲這段情詞真也假（唱）不假你爲咱順西風傳與小窗紗（合）只怕斷腸人聽不起這傷情話

（鮑）秋風遠信雁鴻低　春色天邊鶯燕疑

（唱）雪隱鷺鷥飛始見　柳藏鸚鵡語方知

第三十九齣　淚燭裁詩

破陣樂〔破陣子〕〔旦浣上〕〔旦〕寒鬢寶釵猶掛倚秋窗數點黃花扶頭酒醒爐香炧墮淚妝殘柳暈斜〔齊天樂〕西風涼似夜來些〔好事近〕簾外雨絲絲淺恨輕愁碎滴玉骨西風添瘦趁相思無力

小蟲機杼隱秋窗黯淡烟紗碧落盡紅衣池面苦在蓮心葯自從十郎屏風寄後轉忽經秋欲寄迴文曾無便使好不傷感人也浣紗這幾日鮑四娘都不見來卻爲何的正是秋風滿院無人見怕到黃昏獨倚門

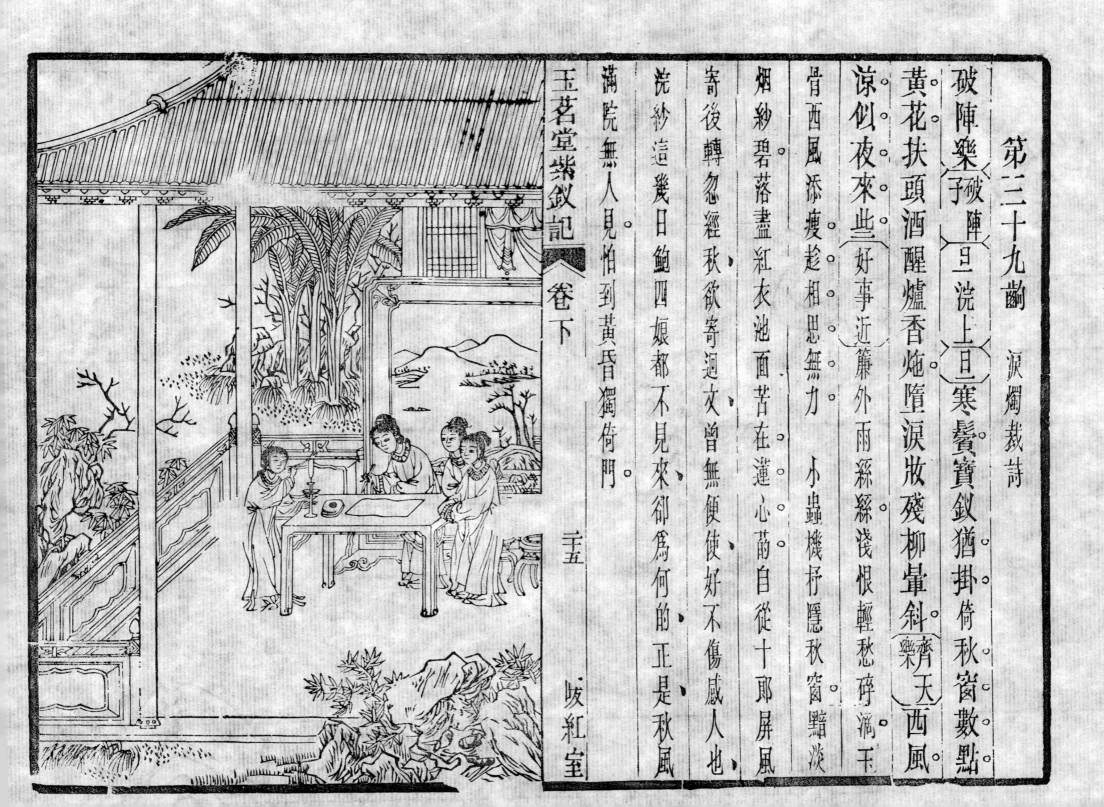

眼兒媚【鮑上】匆匆消息報君家。繡鞋兒陡的未寬些。
想他。暮雲樓畔。悶拈簫管。憔悴烟花。【見介】【旦】幾日不
來、隨喜卻是因何、【鮑】偶爲貧忙、有乖清候、敢問十郎
去幾年了、【旦】將次三秋、【鮑】如今早則喜也、【旦】驚介知
他甚喜、【鮑】你猜來、

紅衲襖【旦】莫不是歸南鑾把謫仙才御筆挐。莫不是
定西番把洛陽侯金印掛。莫不是虎頭牌先寫着秦
關驛駐皇華。莫不是鳳尾旗緊跟上他渭河橋敲駿
馬。得他箇俊參軍功級多少。不得把咱小縣君封號
加。可知是喜早些兒傳下也。這些時挑燈銜弄花

前腔【鮑】則道他顯威風拄倒了崑崙北海涯。則道他
凱歌聲喧動了長安西日下。則道他覓封侯時運低
有甚巧爭差。受皇宣道途中有些閑蹭答。怎知他做
官兒不着家。比似你做縣君喬坐衙。其閒就裏有話
難提也。則怕你猜得來愁悶煞。【旦】你怎生又道是喜
也、

前腔【旦】莫不是玉門關拘的俊班超青鬢華。莫不是望
鄉臺站的箇老蘇卿紅淚灑。莫不是他戰酣了落日

余嘗怪琵琶記容瀟灑曲以戈麻二韻合爲之使人舌强臨川此曲蓋東嘉誤

摧韓甲莫不是客犯了災星墜漢槎十郎夫、若是你走陰山命不佳俺撩了壞長城哭向他不然你死丟下了玉鏡臺也恁孤鸞偏照咱

【前腔】【鮑】你怕他胭脂山血淚花你怕他拂雲堆魂墜馬他原來斷腸流別賺了箇香羅帕磨旗峯轉添上些紅臂紗他則待要豔湖陽窺宋家你拚了箇錦迴文學竇娥待不信呵、有箇人兒傳示也慢消詳尋問咱【王哨上】好作事因尋淚子怕蔣消息惱山兒夫人叩頭、【旦】是去秋寄屏風的王哨兒、【哨】夫人眼裏出水、【鮑】胡說、【哨】是是是秋波、秋波、秋波、【旦】太尉爺幾箇女兒、招了參軍爺做女婿、【哨】只是這箇小姐十分才貌、參軍爺相隨太尉爺移鎮孟門、郎才女貌、四眼相顧、因此上商量這門親事、【旦】就了麽、【哨】敢待就也、【旦泣介】李郎薄倖呵、

【泣顏回】提起淚無涯憶相逢淡月梅花天應錯與風萍露柳榮華等閒招嫁劣身奇賺上了他虛脾話便今朝死待何如分薄書生奚落奴家【老旦上】無事護窗紗嬌看萼綠華沈香薰小像楊柳伴啼鴉原來鮑

之也

夢鳳按原題泣顏回誤今從葉譜改訂

詩大似唐人

夢鳳按原題么篇誤

四娘在此這箇軍兒何處來爲甚小姐悲啼不止【鮑】這是前度寄屏風的王哨兒報說李郎議親盧府因此傷心【老旦】那箇盧府李郎好不小覷了人家哩

【顏子泣】【泣顏回】如花俺幾年培養出牡丹芽春風一度有甚年華幾曾消乏【刷子序】恁般時節滿堂如畫倣門楣不成低亞【泣顏回】待餘生分付青鸞你玉鏡臺又過送了誰家【哨】天晚告行【旦】浣紗張上燈來俺寄一詩去也【浣持燈上】【旦寫介】

【榴花泣】【石榴花】驚魂離影飛恨繞螓蛾嗜也曾記舊約

點新霜被冷餘燈卧除夢和他知他們和夢呵【泣顏回】也有時不作這答兒心情你不着些兒箇是新人容貌爭多舊時人嫁你因何【老旦】詩可寫就了作看詩介

【藍葉鬱重重】藍花石榴色少婦歸少年光華自相得愛如寒爐火棄若秋風扇山盟起面前相看不相見春至草亦生誰能無別情慇懃展心素見新莫忘故遙望孟門山殷勤報君子旣爲隨陽雁勿學西流水

【前腔】你可非烟染筆是那畫眉螺蘸的秋痕淚點層

波佩香囊翦燭親封過【鮑】你端詳待他望夫臺詩句
也則斟量和【老旦】便分明說與如何雨雲場幾大風
波

夢鳳按原題漁家犯今從葉譜牌名註明集曲

【雙燈舞宮娥】（漁家燈）【旦】俺爲甚嬾腰肢似楊柳幾欹斜
暈眉窩似紅蕉心窄狹有家法拘當得才子天涯沒
朝綱對付的宰相人家（剔銀燈）比似你插金花招小姐
做官人自古有偏房正榻（舞霓裳）也索是（宮娥泣）從大小
那些商度做姊妹大家歡洽

夢鳳按原題幺篇誤今從葉譜改今名

【三燈照宮娥】（漁家燈）【老旦】你則待錦迴文烟冷了窗紗

淚封書烘破了銀蠟是他弄簫臺把雲影重遮【指鮑】
【介】你箇定昏店把月痕偷掐（山漁燈）【鮑】只怪得定雙飛
釵燕插便和那引同夢的花燈恰（剔銀燈）知他（宮娥泣）厭
了家雞挑鳳背了鴛鴦打鴨
【撲燈蛾】【旦】書生直恁邪見色心兒那把他看不上早
則吞他不下也是風流儒雅沒禁持做出些些也則
索輕憐輕罵說知他咱小膽兒見了士女爭夫怕
【前腔】【老旦】天教有日逢不道無言罷【鮑】他當初相見
咱直恁眉梢眼抹也等閒回話費了他幾餅香茶又

不是路牆花朵則問他怎生奚落好人家的女嬌娃

哨叩頭作去介【旦】王哨兒、

【意不盡】你說與他把烏絲闌詩句冷吟哦從今後愁悶增多長則是鬼胡由摸不上心頭可【哨下】

【老旦】雖言千騎上頭居【旦】一世生離恨有餘

【鮑】葉下綺窗銀燭冷【浣】含啼自草錦中書

第四十齣　開箋泣玉

秋鴻隨生上幾樹好花閒白晝滿庭芳草易黃昏心隨苗色留秦地夢逐河聲出禹門自家一從玉關移

鎮參軍孟門聽的盧太尉有招親之意俺這裏只作

不知呀我心下怎生忘的小玉妻也

【鶯囀遍東甌】【黃鶯兒】閒想意中人好腰身似蘭蕙薰【囀林

鶯】長則是香衾睡嬾斜粉面玉纖紅襯【香遍滿】和嬌鶯

枕上聞乍起向鏡臺新【黃鶯兒】似無言桃李相看片雲

【東甌令】春花有韻月無痕難畫取容態盡天真

【前腔】無事愛嬌嗔況伊邊少箇人當初擬畫屏深寵

又誰知生暗塵他獨自箇易黃昏將咱身心想伊情

分則他遠山樓上費精神舊模樣直恁翠眉顰【王】哨

【上】愁眠客舍衣香滿走渡河橋馬汗新俺王哨兒奉

太尉命去傳播招親之事與李參軍前妻到替他捎

一首詩來此是參軍別館不免進見【生】是王哨兒從

何而來【哨】俺前日爲帶夫人平安信太尉惱了近遣

俺京中慶賀閒到霍府中看看悄的帶有夫人家信

也【哨】兒叩頭送詩上介【生】原來是小玉姐詩也【作念

詩介】藍葉鬱重重藍花石榴色少婦歸少年光華自

相得愛如寒爐火棄若秋風扇山岦起面前相看不

相見春至草亦生誰能無別情慇懃展心素見新莫

忘故。遥望孟門山。殷勤報君子。既爲隨陽雁。勿學西

流水。

【三換頭】鶯猜燕忖。疊就綵鸞清韻。稱吳牋膩粉啼紅

嬌暮雲。雁來成陣這其間訴不盡。有片影橫秋雙未

穩。一種心頭悶書中說幾分。【合】且報平安。怎只把閑

愁來殢人。【生】唷兒你敢在夫人前講甚話來、【唷】沒有、

【生】詩意蹺蹊、【唷】是是是、那日遞家報與參軍爺太尉

要拷打小的、說俺府裏待招贅參軍、你敢再傳他家

信、小的見夫人依實說了、【生】好不胡說也、

【前腔】太尉呵、他杯中笑言花邊閑論尋常風影你怎

生偏認真。無端要人生分。夫人呵、這其間也索問箇

詳因。難憑口信。一搯詩兒也九迴腸怕損。【合前】

【生】河陽不似舊關西　夜夜城南夢故妻

【鴻】坐想寒燈挑錦字　紅綿粉絮裛妝啼

第四十一齣　延媒勸贅

【字字雙】外扮堂候官上　陞官圖上沒行頭。堂候鬍鬚

上掛鼻膿頭。怪臭老爺說話耳根頭。最厚精銅響鈔

尋事頭。儘勾。自家太尉府中堂候官便是、官雖無一

品二一品錢、到有九分十分、俺太尉爺在京管七十二衛、在外管六十四營、每日各衞府營討些分例、私衞買辦刻些等頭、說事過錢、偷功摸賞、從早到夜、爛鐵精鋼、約有一紗帽、回去、（內）可不發跡了你、（堂候）你不知、紗帽破了、漏去了些、遠遠聽得傳呼、太尉爺升帳、一疋布（老旦貼執棍喳盧上）倚君王。爲將相。威勢壓朝綱。三台印信都權掌。有誰敢居吾上。身居太尉傾朝勢。有女盧家字莫愁。還得鳳凰飛不偶。可堪鴛鷺意難投。自家盧太尉、從孟門召取還都、仍管太尉府

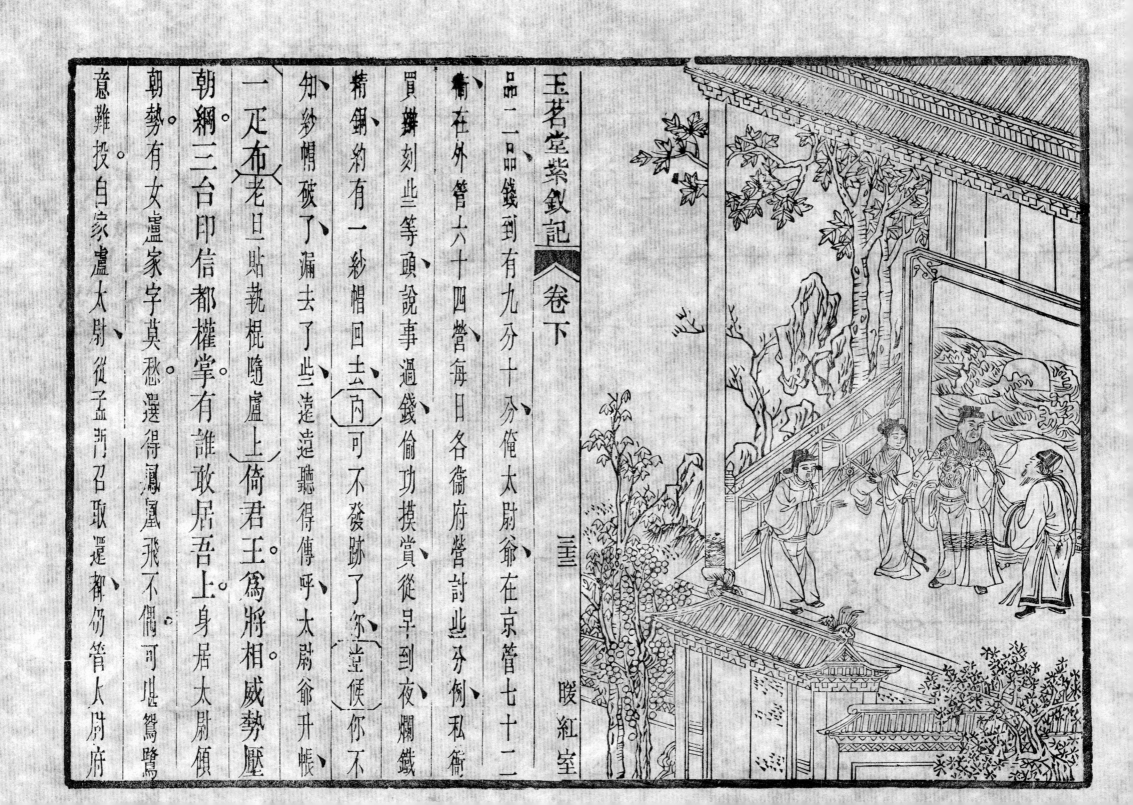

夢鳳按原題寶鼎現誤今改正

事又賜俺勢刀銅鍘一副、凡都城內外、著俺巡緝、有不如意的、都許先斬後奏、單生一女、未逢佳婿、俺一心看上了李參軍、可恨此人性資奇怪、一味撇清、在孟門關外年餘、都未通說、昨日還朝、恐他回去、安置他招賢館內、分付把門官校、不許通其出入、要他慣見俺家威勢、自然從允、雖然如此、還須請他朋友韋夏卿勸他、那韋秀才可知來也、

【玉井蓮】（韋上）太尉勢傾朝堂。何事書生相訪。（見介）（韋）寒儒久別威嚴、復覩台顏拜揖、（盧）秀才暫須免禮、近前有事端詳、（韋）老太尉有何分付、

夢鳳按原題瑣窗寒誤今從葉譜訂正

【瑣窗郎】（瑣窗寒）（盧）李參軍蓋世文章。俺家中有淑女正紅妝。夏卿呵、你和他好友。借重你商量。要他坦腹。不須強項。夏卿、知俺家威勢否、（賀新郎）俺撈龍打鳳由他撞。怎脫得這羅網。（韋背介）原來太尉要招贅李君虞、怕不孤了那小玉姐一段心事、俺且告稟他知、

【前腔】論攀高貴婿非常。有一言須代稟試參詳。他有了頭妻小玉。盟誓無雙。怕做不得負心喬樣。（淨笑嗔介）呀、說甚麼小玉、便大玉要粉碎他也不難、（韋背介）

怕難做這仌相類與語亦不傷巧

李郎這太山只好作仌山傍怕難做這仌相〔堂候〕低語介〔韋〕先生俺太尉爺小姐招人託先生贊相誰敢不從

〔前腔〕他領鴛班勢壓朝廊招女婿要才郎威籠翡翠勢鎖鴛鴦你把絲鞭領取美言加上〔韋〕也不須領絲鞭作官媒只用朋情勸他便好〔回身合唱〕婚姻簿上看停當但勸取由他想

〔盧〕金屋藏嬌錦繡叢〔堂候〕定須才子作乘龍
〔韋〕饒他別插鴛鴦翅　難出天羅地網中

南鄉子詞可入詩餘

第四十二齣　婉拒強婚

〔小蓬萊〕秋鴻隨生上　憔悴尋常風月甚拘留咫尺關山花無人問酒無人勸醉也無人管〔南鄉子〕一去幾驚秋淚老西風只暗流夢裏也知歸去好遲留咫尺秦簫不自由　準上望京樓望得伊家見始休還怕那人知道了悠悠自鎖重門一段愁自家李十郎從孟門關外還朝即擬還家與小玉姐歡聚不料太尉倚着威權館俺別宅不放閑遊知他主甚意兒早晚堂候官來探知分曉也

喜相逢。韋同堂候官持綵鞭上韋風流誰絆。知他相府池蓮。怕無端引起綠窗紅怨。見介生別館驚逢。韋夏卿。韋參軍此日見交情。生歸心紫塞三千里。韋君虞、你薄倖青樓第一名。生夏卿怎說俺青樓薄倖也、韋且住、有堂候在此。堂候見介生夏卿說俺薄倖何事、韋君虞今日、全不想着賀新郎席上情詞也、生怎生忘了、

雁魚錦俺想風前月下人倚欄。這些時秋色芙蓉縱恨造次春殘香夢遠。家在秦樓人上雕鞍。韋有書報

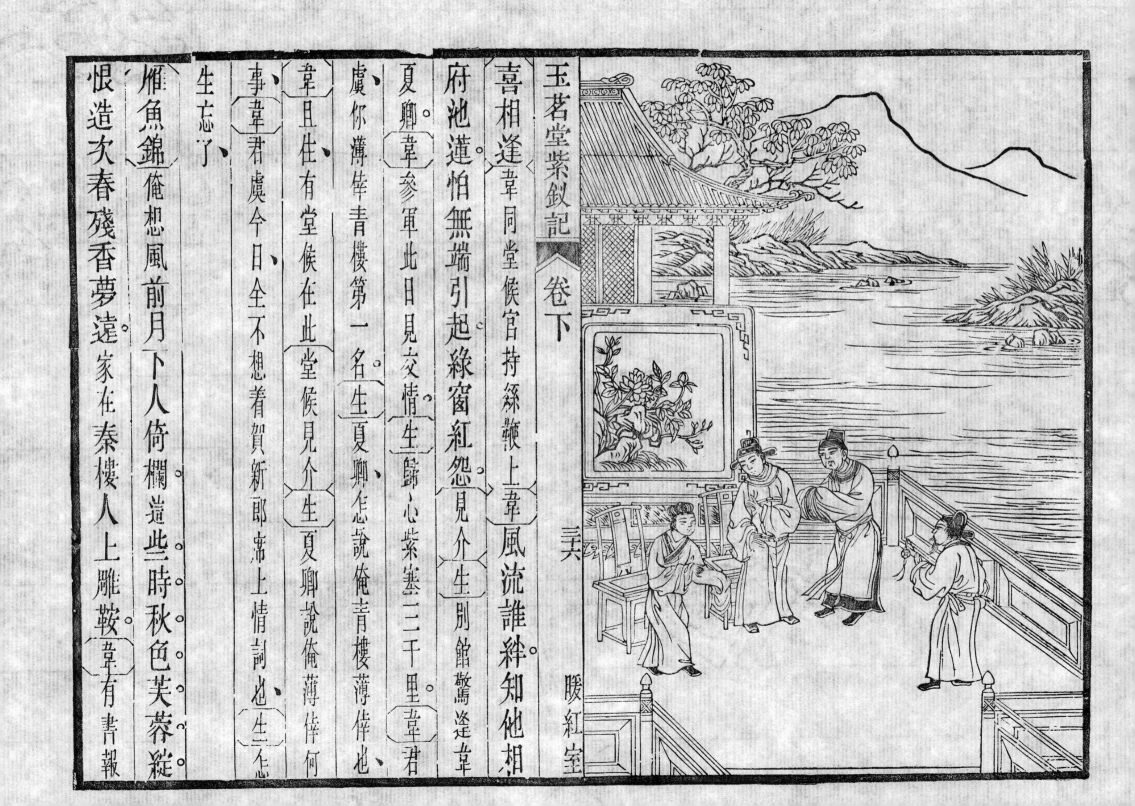

夢鳳按原題前腔今從葉譜改正下同

平安否、（生）俺寫雲屏好寄平安他也回文淚錦斑（韋）
今日早已雁來也、（生）早難道俺獨館孤眠慣雁兒呵、
恰正恁時尋伴好愁煩（韋）今日送箇伴來、（生）驚問介
送誰爲伴、
二段換頭（韋）朱顏有分孤單怎把雲雨騰那再勻香汗
（生）誰家有此、（韋）太尉有一小姐、央小弟爲媒你可把
東牀再坦做嬌賓貴壻也無輕慢（生）歎介罷了、這恩
愛前慳後慳這婚姻左難右難我就裏好胡顏（韋）低
問介你就此親受用也、（生）低語介夏卿李君虞何處

不討得受用豈須於此、只此人兄弟將相文武皆拜
其下風既有此情、不可驟然觸忤、承顧眷只說俺多
愁緒成病看看堂候官看俺出塞星霜鬢影殘盧小
姐呵、他正是畫梁曉日朝雲盼背向喈客舍秋風暮
雨闌
三段換頭（堂）邛山他勢壓朝班只爲憐才肯把仙郎盼
你怎推辭只怕就裏一段風波到爲雲雨摧殘（堂）私
語生介參軍爺、豈不知太尉威福齊天你且從權機
變暫時應諾再取次支吾脫從（韋）堂候此言有理也、

這紅鸞且求寬限可謂描出十郎心事

你不是倦遊司馬朝參嬾俺只怕丞相嗔來炙手難

四段【換頭】【生】無端宦興歸期晚没緣故掙着雙眼自投羈絆【悲介】誤嬋娟幾年俺萬千相思重門阻人離恨關【生】堂候你爲我多多拜上老太尉呵中情一點愁無限全仗你這其間作方便看天上人間【堂】俺小官自能回話參軍不可固辭【生】怎忘得他探燈醉玉釵頭暖誓枕餘香袖口寒

五段【換頭】【堂】漫愁煩待緩佳期也須咱言語轉旋【韋】此事堂候回報不須小生再行【對堂低唱】天賜好姻緣

看仙郎有意和俺對腹難言【生】撥不斷的紅絲怎纒這紅鸞且求他寬限【堂辭介】【生】堂候且住呵逢好事望周全夏卿兄俺在此花陰月色難驅遣你去呵柳影風聲莫浪傳【韋】可知道請了【生】故人相見話匆匆【韋】自有新人富貴叢【堂】有緣千里能相會【生】無緣對面不相逢【下】【韋】弔場嫦娥不見影沈沈儘把閑愁占伏吟畫虎畫皮難畫骨知人知面不知心俺夏卿怎生道這幾句當初李十郎花燈之下看上鄭家小玉姐拾釵定盟拈香發誓擬待雙眠雙起必須同死同

生一旦征驂三年斷雁現留西府還推卻無可奈何聽說東牀全不見有些決斷言來語去盡屬模糊移高就低總成繾綣看來世間癡心女子反面男兒也我且在此評跋他一番

〔金梧桐〕才子忒多才才子多人愛插下了短金釵又繆上箇同心帶看他呵心兒裏則弄乖口兒裏則道白李生一句分明罷了卻又囑付俺柳影風聲莫浪傳呀這段風聲也不索燕猜鶯怪待說與崔允明去小玉姐呵送紅顏這一段腌臢害

〔韋〕半吞半吐詰周章　定是青樓薄倖郎

〔堂候〕大鵬飛上梧桐樹　自有傍人說短長

第四十三齣　緩期收翠

〔望江南〕〔盧〕上倚天家甲第擬雲臺有女如花新粉黛向朝班玉筍選多才紅葉上秋階劍佩秋風擁漢官芙蓉吹綻錦雕欄生成女子為蛇虺配得才人似鳳鸞俺盧太尉富貴已足只少箇佳婿已央韋夏卿同堂候官去招轉李參軍為婿衙門多遠還不見到來

〔堂候〕上聽罷紫鸞人縹緲語傳青鳥事從容稟老爺

小的與韋秀才同去招賢館說親李參軍不敢推辭、只說從容再論韋秀才着小的稟復、

〔刘鍬兒〕說他有恩山義海朝花在盟山誓海曾把夜香排〔盧〕笑介他知俺愛他麽〔堂〕感得相公愛紅蓮命乖。〔合〕佳期要諧合婚有待到裏團欒從頭插戴

〔前腔〕〔盧〕少甚麽相門出相男文采他敢道俺將門出將女麤材。〔堂〕他怎敢、〔盧〕怎不低眉拜辱沒他鏡臺〔合〕〔前〕

〔前腔〕〔堂〕驚風鳥去辭林快慢水魚終自上鈎來好事

須寬耐嗔他秀才〔合前〕〔盧〕俺看中了他少不得在俺門下、小小姐將次上頭五色玉釵齊備方可那小姐呵

〔前腔〕如花早晚要頭花蓋上頭時幾對鳳頭釵好玉多收買憑他價裁。〔合前〕〔堂〕稟老爺有箇老玉工侯景先鋪常有人將珠翠現成寄賣、〔盧〕有精巧的着他送來、

〔盧〕美玉釵頭珠翠濃。紅絲繫足好從容。

〔堂〕〔侯〕羈縻鸞鳳青絲網。牢落鴛鴦碧玉籠。

第四十四齣　凍賣珠釵

玉茗堂紫釵記　卷下　四十　煖紅室

【薄倖】（旦上）虛閣籠烟，小簾通月，倚香篝清絕，弄梅花寒玉。稱黃沙雁影，寄來橫幅，愁凝睞秦雲黯待成飛絮，誰說與玉肌生粟。

【訴衷情】捲簾呵手拂烟霜，病起怯殘妝，一段梅花幽意，雲和雪費商量。催短影，念餘香，病成傷，寒鴉色斂，凍雁聲悽，一寸柔腸。奴家府中、一自李郎去後、家事飄零、望他回來、從新整理、誰知他議婚盧府、一去不還、我展轉尋思、懷疑未信、知他還歸京邸、還在孟門、已曾博求師巫、遍詢卜筮、果有靈驗、何惜布施、一向賂遺親知、使探消息、尋求既切、

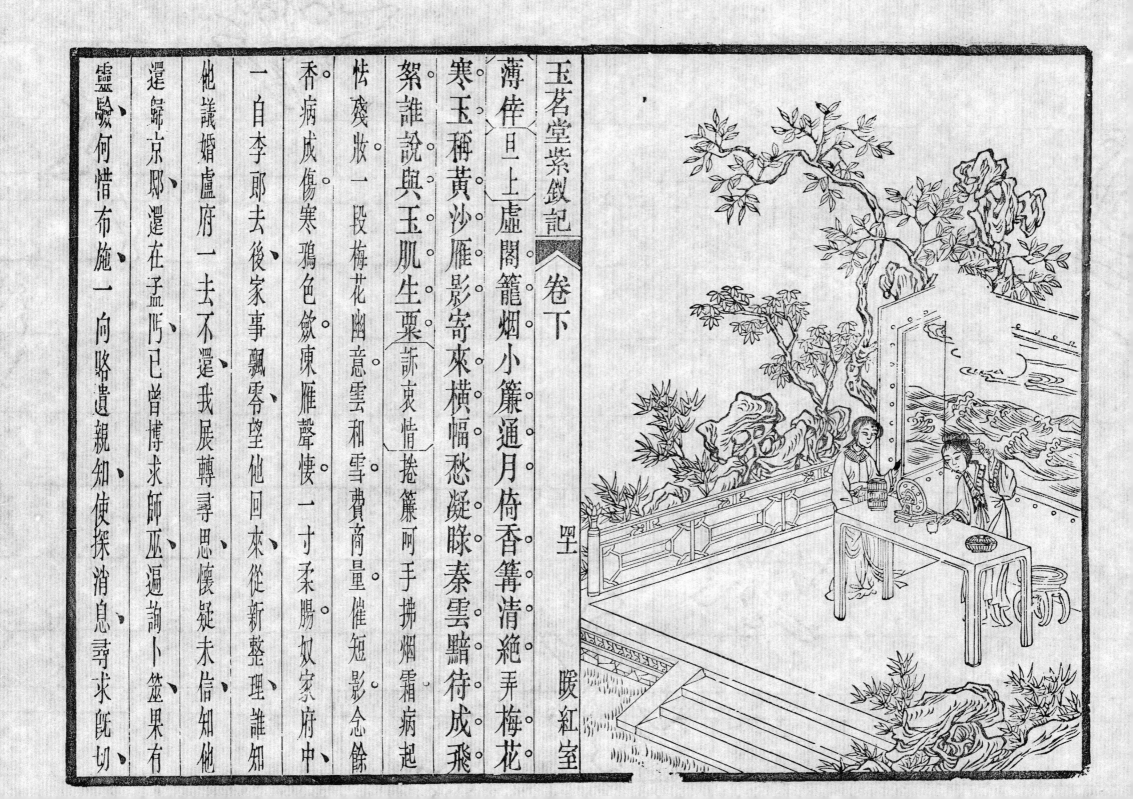

資用屢空、前着浣紗將篋中服玩之物、向鮑四娘家寄賣、還未到來、天阿、苦自煞煩、有何音耗、兀的不悶殺我也、〔貼扮尼持籤筒上介〕

〔水底魚〕一點凡胎。到了九蓮臺。相思打乖。救苦的那些來。自家水月院中小尼姑便是、久聞鄭小玉姐、為夫遠離、祈求施捨、不免奉此靈籤、典他幾貫鈔使、又一道姑來也、〔丑扮道姑挈畫軸小幅上介〕

〔前腔〕冠兒正歪。人道小仙才。這龜兒俊哉、前去打光來。〔尼惱介〕光頭儘你打、〔道〕不是、吾乃王母觀道姑、聞得鄭小玉姐尋夫施捨、要去光他一光、〔尼〕要騙兒畫軸何用、〔道〕畫上有悲歡離合故事、看龜兒所到、定其吉凶、〔尼〕這等同進去、〔旦見介〕姑姑何來、〔尼〕水月院觀音院小尼便是、〔道〕小尼住持西王母觀、兩人聽得夫人為官兒遠去、尋訪祈求、各請神香來、憑信願、〔旦〕既蒙神香下降、奴家敬求籤卦、少效虔誠、〔尼〕請先拜了觀世音、〔道惱介〕我西王母娘娘有丈夫、絕會保得夫妻相見、你觀世音一箇赤腳老寡婦、有甚神通、〔尼惱介〕呸、你西王母有了東王公、又搭上箇周穆王、老頭兒、

道等做神道、不識羞、拜他怎的、〔旦〕這樣西方美人、還
讓觀音居長、〔作拈香拜觀音介〕
〔梧葉兒〕梧葉覆江水十指纖纖拜。白蓮花根裏來。〔江兒水〕
離恨天看不見人兒在。相思海摸不着鍼兒怪救苦
的慈悲活在。〔尼請抽籤介〕好、好、得夫妻會合上籤、討
緣簿來、〔旦寫介〕水月道場、助三十萬貫、信女鄭小玉、
爲求見夫主拜施、〔合〕說甚凡財。早償了尊神願債〔道〕
也到俺王母娘娘、顯靈顯聖了、〔旦拈香拜王母介〕
〔前腔〕青鳥銜書去。他何曾八駿來。怎得似東王公相

守到頭花白。怕李夫人看不見蟠桃核誤了。俺少年
顏色。〔道〕設籤、看這畫軸上龜兒卦、〔提龜兒錯走諢介〕
好、好、龜兒走在破鏡重圓故事上、不久團圓、請寫施
簿、〔旦寫介〕瑤池會香錢三十萬貫、信女鄭小玉拜題、
〔合前〕〔尼〕俺們謝了、〔旦〕有勞了、但得見夫竟回還有報
心在後、正是題緣簿證烟花。簿頂禮香權盟誓香〔尼
道下〕〔旦弔場〕好也、兩位娘娘、都許我夫妻團圓、待浣
紗賣錢來也、〔浣上〕白玉郎君何處去。珍珠小娘何處
來。郡主賣錢得七十餘萬在此、〔旦〕好了、就將六十萬

飽病難醫二
酒佳

賞了、其香願、留餘以度歲寒、春來來去、郎回也、金界暫
酬香火。祇門楣還望嵩砧歸。
亭前柳〔崔上〕半壁舊樓臺。風裏畫屏開。凍雲飛不去。
長自黯青苔。俺傳消遞息須擔帶。把從頭訴與那人
來。〔敲門相見介〕〔浣〕崔秀才、這幾時可聽得十郎消息、
〔崔〕正來傳與郡主知道、
一封書曾經打聽來。他離了盂門好一回。〔浣〕可徑到這
裏來、〔崔〕他何曾徑歸到盧家居外宅。〔浣驚介〕回在太
尉府了、同在都城中、怎不回步、是誰見來、〔崔〕是韋夏

玉茗堂紫釵記　卷下　四四　暖紅室

卿見來、報道青娥有意相留待。則怕烏鵲傳言也浪
倩。〔浣〕當真了、〔合〕怪從來、心性乖。飽病難醫。是這窮秀
才。〔浣說與旦介〕〔旦驚介〕〔王〕哨兒傳言、尤恐未的、聽崔
君之談、他真箇有了人家也、〔崔〕夫人且休惱、盧太尉
高拱侯門、十郎深居別宅、夏卿傳言、仍恐未的、爲感
夫人看禮、故此報知、〔旦〕更煩到盧府求一真信、〔崔〕寒
酸如何去得、〔旦〕適纔浣紗賣典、餘有青蚨三百、少佐
君酒、日後諸費、更容賣釵相補、〔崔〕誰憐十二金釵客。
贈有三百青銅錢、〔下〕〔旦〕浣紗、薄倖郎到了太尉府、容

易打聽、只是少貲財央及人也、看妝臺摘下玉燕釵、去賣百萬錢、盡用爲尋訪之費、（浣）這是聘釵如何頭賣、（旦）他既忘懷、俺何用此、

【羅江怨】（香羅帶）提起玉花釵羞臨鏡臺內家好手費雕排上頭時候送將來也（一江風）落在天街那拾的人何在今朝釵股開何年燕尾回（怨別離）鎮雙飛閃出這妝簇外、

【前腔】知他受分該纖纖送來舊人頭上價難裁新人手裏價難擡也落在誰邊他笑向齊眉戴將他去下

財將他去捕釵知他後來人不似俺前人賣（浣捧釵介）俺去也、（旦哭介）

【香柳娘】看釵頭玉燕看釵頭玉燕嘴翅兒活在銜珠點翠堪人愛雙飛玉鏡臺雙飛玉鏡臺當初爲此諧一旦將他賣（合）好擎奇此釵好擎奇此釵裏定紅絲、還把香歛試蓋（浣）小姐俺將去也、（旦）俺再囑咐你燕釵呵、

【前腔】燕釵梁乍飛燕釵梁乍飛舊人看待你休似古釵落井差池壞儻那人到來儻那人到來百萬與差

儻那人到來
等何爲釵圓

夢鳳按原題太師引誤今

排隤取你歸來戴【合前】

【尾聲】少錢財使費恨多才玉釵無分有分戴荊釵俺只怕沒頭興的東西遇不著箇人兒買

【旦】從此賣花釵　蛛絲罥鏡臺

【浣】憑誰招薄倖　還與拾釵來

第四十五齣　玉工傷感

【縷縷金】【浣紗捧盒盛釵上】螺髻點畫眉纖衣衫氣脂粉麝醋茶鹽玉釵金盒子緘縢襯坫向誰家妝閣燕穿簾　做不出牙婆臉擡薪斜皓腕吹火弄朱唇可憐

羅襪步更作賣釵人且看前面來的像是玉工【侯景先老兒路且在勝業坊裏隱着待他商量俺女丫頭怎去賣釵也

【番卜算】【侯上】切玉小刀鈺刻盡崑山琰年來袖手粲霜鬢䰇眼看繁華厭眼復幾時暗耳從前月聾平章金落索編檢玉玲瓏【浣】老【侯】那裏來【侯】小娘子有幾分面善到忘了可是詐家【浣】我且把件東西你認出鉏【介】【侯】這是紫玉釵一雙俺曾那裏見來細看【介】

【太師令】【引太師】把水色覷雙鈎兒啣玲瓏煞珠嵌翠砧

從葉譜勘訂

呀、是俺老侯做就的、曾記取玉雞冠豔倍工夫碾琢
操箝（浣）老侯、你那討這手段、（侯）是老手擅場非僭你
看穿花鳥分明堪驗（浣）你做的釵、可記得爲誰、（侯）想
介這倒忘了、敢問小娘子、誰家出來的、（浣）霍府出來
的、（侯）想介是了、昔歲霍王小姐、將欲上鬟、令我做此
酬我萬錢、可得忘懷、長留念春寒玉纖（刮鼓令）釵頭上
那般喜愜紅暈翠眉尖（浣）着了、我小姐卽霍王女也、
（侯）此玉釵價值萬鎰、怎生把出街來、（浣）要賣、（侯）帝種
王孫、芳年豔質、何至賣此、（浣）家事破散、迥不同前了、

（侯）小玉姐敢配人了、
前歲（浣）招的箇秀才、欣將風月占（侯）好了、嫁得箇秀
才、（浣）誰知他形飄影潛（侯）呀、丟他去了、（浣）孤另的青
樓冷冷（侯）門戶大、（浣）折倒盡朱戶炎炎（侯）守麼、（浣）他
心字香誓盟無玷（侯）還奢華麼、（浣）怎奢華十分寒儉
（侯）還待怎生、（浣）還在賣珠典衣、賂遺於人、使求音信、
貲妝欠珠釵賣添（侯）小姐訪得到那人時罷了、若訪
不得時、可知道紅顏薄命、都則是病懨懨（作泣介）賣
人男女、失機落節、一至於此、我幾年間、盡見此盛衰、

夢鳳按原題鏵鍬兒今從集譜勘訂

不勝感傷也、

鏵鍬子 鏵鍬兒 你王家貴嚴生長在花濃酒酳少甚朝雲晝棟暮雨珠簾因何自掘斷烟花塹把長籌短簽小娘子、俺老侯看盡許多豪門似小玉姐這般零落的他啼紅萬點小娘子請行小老兒去哩、浣歎介 少呵、合 窮不贍病怎兼 江神子 提起賣釵情事淚痕淹想不得女兒家沿街撞戶送此輕華之物也、

前腔 把金釵盒掩捧起意慵心歉怎走的街塵鬧雜有甚觀瞻怯生生抱玉向重門險高低遠嫌 住介 老

侯、賭你箇小心也、拜介 非笑諂有事沾提起賣釵情事淚痕淹好看承俺雙尖半點 侯 老人家看你鞋尖兒中甚用、浣 腳小走不得也那、

前腔 侯 看你眉低意甜會打價彈牙笑拈 浣 非拈說小玉姐賣釵也辱沒了王家體面、侯 動說到王家體面教俺好會沈潛 背介 到好一箇丫頭小妮了非抛閃知羞識廉也罷領了去、把妝盒檢繡綫搏提起賣釵情事淚痕淹略効軀勞半點 浣 老侯休貶了價也、

前腔 你看珠釵點染燕雙雙棲香鏡斂好飛入阿嬌

金屋頭上窺覘老侯便要交錢過下也怕煞千風欠
要青蚨白拈老侯着緊些離寶店向畫檐提起賣釵
情事淚痕淹望斷他愁眉一點俺去也得價回來相
謝〔侯〕且住說與俺那薄倖是誰俺一面賣釵一面尋
訪可不兩便〔浣〕你這老兒俺教你出箇招子貼在長
安街上某年某月某日有霍王府小玉姐走出漢子
一名李益派行十郎隴西人也官拜參軍年可二十
多歲頭戴烏紗冠帽身穿紫羅袍腰繫鞓金寶帶腳
踏倒提雲一綫粉朝靴身中材面團白微鬚有人收

得者謝銀一錢報信者銀二錢〔侯〕忒輕薄了〔浣〕俺浣
紗昔年跟人走失了一交也是這般招帖酬謝也只
是一錢二錢〔侯〕骨頭輕重不同〔浣〕盡這釵兒贖了他
罷憑在玉人雕說去但求金子倒迴來〔下〕〔侯弔場〕獻
玉要逢知玉主賣金須遇買金人小玉姐託身非人
家門零落不惜分釵之費求全合璧之歡只是一件
紫玉釵工費價須百萬急切難遇其人尋思起來誰
家最好有了數日前盧太尉堂侯哥來說盧小姐成
婚要對紫玉釵舉頭一望朱門畫棨便是他府堂侯

哥有麼、堂候上〔上〕不畏金吾夜。誰敲銅獸環。原來是老

侯、紫玉釵有麼、〔侯〕恰好一對、小姐早則喜也、〔堂〕誰家

之物、〔侯〕不好說、〔堂〕來處不明、別衙去、〔侯〕實不相瞞、霍

王府中之物、〔堂〕是他家小姐出賣、〔侯〕怪事、怪事、你怎

得知、〔堂〕老侯、你一向夢裏、他先招了俺府裏參軍李

爺、新近李爺招在俺府、正是俺家太尉小姐新婚、要

紫玉釵用、你今日來得正好、得價也、〔侯〕敢別是一人

〔堂〕是隴西人、叫做李十郎、〔侯〕是了、是了、他家到處找

尋、怎知在這裏做女婿、央你引我見那喬才一面、〔堂〕

府門深遠、怎生見的他、他也發誓不歸了、〔侯〕聽得他和

前妻也發了誓、〔堂〕你休下閑管、在此待俺取錢還他、

〔侯〕一對釵兒百萬錢。〔堂〕牙錢要分取千萬千。〔侯〕歎介

這般一箇薄情人也、唱箇曲兒罵他、

〔清江引〕籠花擲柳不透風兒颭。知他火死要絕了餧

逐廟裏討靈籤卦上。早陰人占李十郎、李十郎、怕你

一處無情處處情兒欠。〔堂〕候捧錢上〔上〕這百萬錢價、這

十萬牙錢快去、太尉爺升帳了、〔侯〕這也罷了、俺且問

問李參軍怎生發付那前妻、〔堂〕有甚發付、教他生寡

不成、

〔侯〕秦樓咫尺似天涯。 雙雙釵燕落誰家。

〔堂候〕寄語紅顏多薄命。 莫怨東風當自嗟。

第四十六齣 哭收釵燕

〔風馬兒〕〔盧上〕兵符勢劍玉排衙。春色照袍花。千官日擁旌門下。當朝第一人家。欲作江河惟畫地。能迴日月試排天。人生得意雖如此。卻笑書生强項。前我盧太尉嫁女、豈無他士、只爲李參軍作挺、偏要降服其心、早晚收買玉釵、與我女兒上頭之用、還未整齊、堂

此臨川所增是得做法

候官好沒用也、【堂候上】屏畫彩鸞金帖尾鑲描紅燕。玉搔頭稟老爺、買得侯景先紫玉釵一對在此、【盧】好精工也、景先從何得此、【堂】說來可憐、便是參軍爺先位夫人、霍王府中之物、家貧零落、賣此為生、【盧】作沉吟介、俺正思一計、牢籠李君虞、此事諧矣、【問堂候介】你可知霍家有甚女流往來、【堂】聽得王哨兒說、有箇鮑四娘往來、【盧】你可去請參軍到此敘事、中間教你妻子扮作鮑四娘之姊鮑三娘、來獻此釵、說他前妻有了別人、將此棄賣、待李郎見惱、自然棄舊從新、你就請李參軍去、正是暗施刻燕釵頭計、明要乘龍錦腹猜。【堂】理會的、【下】

霜天曉角【生上】春明翠瓦。戶戟門如畫。徘徊青蓋拂烏紗。寶鐙雕牀下馬。【堂候通報見介】【盧】客館提春興。【生】軍麾拜下風。【盧】江山養豪傑。【生】禮數困英雄。【盧笑介】好一箇禮數困英雄、且請坐談、下官有一小女及笄、昨請韋先生為媒、厮配君子、說有前夫人在此、乃不忘舊也、不知當初何以招贅王門、【生】容訴來、

東甌令【生】人兒那。花燈姹。淡月梅橫。釵玉掛。拾釵相見

賞元宵時拾來的是戲中關目

迴廊下。一面許招嫁恩深。謀發得誓盟大。的的去時話。

【盧】容易成婚、不爲美重也、

【前腔】相逢乍忒沾惹。燈影裏挑心非正大。墜釵兒納釆真低亞。就裏有些怕見相交。必定意情雜。容易撇人下

【丑扮鮑三娘持釵盒上】注嘴凸來紅一寸。粉腿凹去白三分。假作鮑娘娘姊妹。都相像。則怕踹不的紅靴脚太尊。【見介】太尉爺、老婦人叩頭、【盧】你是誰家、【丑】鮑家、【盧】因何而來、【丑】聞公相家小姐、要紫玉釵有兒成的獻上、【盧】正好、取釵來看、【堂候取釵上介】【盧與生細看介】【盧】好精細、小燕穿花、誰家的把紅絲兒繫了、好一箇細金絲盒兒、【生作驚介】【背介】這釵似曾見來、他說姓鮑、敢認得鮑四娘、就問霍家消息、【回身問介】賣釵的婆子姓鮑、敢有姊妹麼、【丑】有七姊妹、老婆子第三、【生】可有鮑四娘、【丑】是俺妹子、他詼諧會作媒者、婆子性直、做些小交易、【生】這釵何來、【丑】是婆子的、【生】看你衣妝、不似有此釵、【丑】實不相瞞、是妹子鮑四娘央我賣的、【生】何從得此、【丑】他說是賞元宵時有人拾來的。